# ERMINIO
## LE MILANAIS

## AUTRES ALBUMS DE JOSEPH BÉHÉ

ÉDITIONS VENTS D'OUEST

avec Toff
**PÉCHÉ MORTEL** (Tomes 1 à 4)
**DOUBLE JE** (Intégrale)

avec Boisset
**MINUIT À RHODES** (Intégrale)

avec Mosdi
**CHIMÈRES** (Tomes 1 et 2)

ÉDITIONS DARGAUD

avec Letendre et Rey
**POUR L'AMOUR DE L'ART** (Tome 1)

ÉDITIONS GLENAT

avec Frank Giroud
**LE DÉCALOGUE** (Tome 1)
**LE LÉGATAIRE** (Tome 1)

CONCEPTION DU SITE ÉDUCATIF
**atelierbd.com**

ÉDITIONS SCÉREN/L'ICONOGRAF

avec Bonifay et Peirani-Vignes
**LE SCÉNARIO DE BANDE DESSINÉE**
Collection "Les cahiers de l'image narrative"


31-33, rue Ernest-Renan
92130 Issy-Les-Moulineaux
www.ventsdouest.com


Dépôt légal : janvier 2006
Achevé d'imprimer en janvier 2006
en Italie par AGG Printing

# ERMINIO
# LE MILANAIS

dessin **ERWANN SURCOUF**
scénario **AMANDINE LAPRUN** - **JOSEPH BÉHÉ**

Merci à Estelle.
**Erwann**

Au clan des Marais.
**Amandine**

Merci aux Siciliens : Nino Lanzafame, Graziella Corallo, le professeur Carmelo Assenza et sa femme Liliana Gieri, Pascale Dodin, Salvatore Maniscalo et Antonio Anastasi pour leur accueil, leur amitié et leurs précieux conseils.
Merci également à Marc Jesser, Claude Lapointe, Thierry Mary et Toff.
**Amandine, Joseph et Erwann**

MAMAN ! JE VAIS MOURIR !
NE T'INQUIÈTE PAS, MON TRÉSOR, PAPA NOUS EMMÈNE VITE CHEZ LE DOCTEUR…
Segheria Giovanni Rosso

PAPA L' A PRÉVENU, MON CŒUR, IL NOUS ATTEND...
PAPA !
HEUREUSEMENT QU'IL A ACHETÉ UNE CAMIONNETTE POUR LA SCIERIE, PAPA ! ET LE TÉLÉPHONE, HEIN ?!
J'EN CONNAIS QUI PEUVENT PAS EN DIRE AUTANT !
CHUUUT... TOUT DOUX, MON AMOUR...
QUAND JE PENSE QU'IL Y EN A QUI DORMENT SUR LEURS DEUX OREILLES...
...ET ILS SE FOUTENT BIEN DE SAVOIR CE QUI ARRIVE APRÈS !
ARRÊTE !! TU VEUX BIEN ?
MON DIEU !! IL N'Y A PAS DE TEMPS À PERDRE !!

VOUS ÊTES ARRIVÉS À TEMPS !...
'PLEURE PAS, BAMBINUDDRU, PAPA EST LÀ...
QU'EST-CE QU'IL A, DOCTEUR ?
EST-CE QU'IL Y A DES CAS D'ALLERGIES DANS VOTRE FAMILLE ?
JE NE SAIS P...
ON N'A JAMAIS VU ÇA DANS NOTRE FAMILLE !!
EST-CE QU'IL A DÉJÀ EU DES DÉMANGEAISONS ?
OUI... JE CROIS...
APRÈS AVOIR MANGÉ QUELQUE CHOSE EN PARTICULIER ?
JE NE ME RAPPELLE PAS...
IL FAUT ABSOLUMENT TROUVER CE QU'IL A AVALÉ...
... SINON, LA PROCHAINE FOIS IL Y PASSE...

Monteluccia, le 10 octobre 2001.

Mon cher cousin,

Tu dois être bien étonné de cette lettre, moi qui ne t'écris jamais. J'aimerais te parler d'un homme que tu as peu connu et qui a pourtant eu une grande importance dans ta vie.
Je sais bien que ce n'est pas à moi d'écrire cette lettre, mais je sens que si je ne le fais pas, personne ici ne le fera jamais. Comme la plupart des gens de la campagne, les fidèles de Santa Luccia cultivent le silence derrière les jalousies de leurs fenêtres closes .

Même si tu vis à Rome, tu n'as peut-être pas oublié la douceur de ces premiers jours d'octobre.
Pourtant, les rues de cet après-midi sont désertes comme en plein été.

ELLES VONT SE PERDRE, VOS FIGUES !

QUEL DOMMAGE ! ELLES CHONT CHI BONNES !
PRENEZ-LES TOUTES SI VOUS VOULEZ !
JE PEUX BIEN VOUS LE DIRE AUJOURD'HUI, JE N'AI PAS LE DROIT D'EN GOÛTER LA MOINDRE BOUCHÉE, J'Y SUIS ALLERGIQUE.
DITES DONC, MONSIEUR ERMINIO ! VOUS CROYEZ QUE C'EST LE MOMENT DE NETTOYER VOT' ALLÉE ?
VOUS ÊTES EN AVANCE, JE VOUS AVAIS DIT SEIZE HEURES !
J'SUIS PAS À LA RETRAITE, MOI ! 'Y A ENCORE LE NOTAIRE QUI RENTRE DE ROME. JE DOIS LE RÉCUPÉRER À L'AÉROPORT.
SIX HEURES TRENTE-HUIT, QU'IL A DIT !
AH BON !? LE NOTAIRE SE FAIT RAMENER À LA MAISON PAR UNE FEMME ?
ON A BIEN EU UN MILANAIS POUR INSTIT ! LES SICILIENS NE S'ÉTONNENT PLUS DE RIEN !

TÛT TÛÛÛT !
VOILÀ ! VOILÀ ! J'ARRIVE !!!
S'IL VOUS PLAÎT, SIMONETTA ! PAS DANS LE VILLAGE…
Que sais-tu réellement d'Erminio, notre ancien instituteur ?
TÛT TÛÛÛT !
TÛT TÛÛÛT !
VOUS TROUVEZ PAS ÇA MALHEUREUX, CE QU'ILS ONT FAIT DE VOTRE ÉCOLE, MONSIEUR ERMINIO ?
Ufficio turistico
L'OFFICE DU TOURISME ?! … BAH ! ILS AURONT MIS TRENTE ANS À S'APERCEVOIR QU'ON POUVAIT TIRER PROFIT D'UN ÉTRANGER !
ALLEZ, SOYEZ PAS AMER ! VOUS AVEZ FAIT DU BON BOULOT !

Tu sais, comme tout le monde, qu'il est arrivé de Milan en 1958, tout juste sorti de ses études.
Tomasi
Sig. Tomasi
22 via degli ulivi
Castellacio
C'EST FERMÉ !
LES CLEFS !...
... C'EST MOI QUI LES AI !

JE ME PRÉSENTE : ERMINIO PERONI !
JE SUIS LE NOUVEL INSTITUTEUR ET…
N'EN DITES PAS PLUS !… L'ADMINISTRATION… ÇA NE M'ÉTONNE PAS !
LE BUS REPART À CATANE DANS DEUX HEURES ; VOUS SEREZ RENTRÉ BIEN AVANT LA NUIT.
PARDONNEZ-MOI, MAIS JE NE COMPRENDS PAS…

Rebelle à l'enseignement classique, il avait eu toutes les peines du monde à obtenir son brevet d'instituteur.

J'AVAIS POURTANT FAIT LE NÉCESSAIRE AUPRÈS DU RECTORAT, MAIS LES FONCTIONNAIRES, HEIN !? VOUS SAVEZ CE QUE C'EST, N'EST-CE PAS ?…
…ALLEZ ! JE VOUS OFFRE UN VERRE EN ATTENDANT…
MERCI, MAIS JE PRÉFÈRE DÉFAIRE MES VALISES.
HA ! HA ! HA ! JE CROIS QUE VOUS N'AVEZ RIEN COMPRIS !
VOUS SAVEZ, ICI, LES HABITANTS N'ONT PAS L'HABITUDE DE GENS COMME VOUS…
ILS SONT UN PEU… « SAUVAGES » !

LAISSEZ TOMBER ! VOUS SAVEZ AUSSI BIEN QUE MOI QUE VOUS N'AUREZ JAMAIS AUCUNE AUTORITÉ SUR EUX…
EH BIEN, EN ATTENDANT MON ÉVENTUELLE MUTATION, DONNEZ-MOI CES CLEFS !
MONSIEUR LE MAIRE !

JE… NE… TROUVE PAS…LES CLEFS… DU LOGEMENT !
JÉSUS, MARIE, JOSEPH ! 'MANQUAIT PLUS QUE LUI !
…LE NOUVEL INTSTITUTEUR VA ARRIVER ! VOUS N' EN AURIEZ PAS UN DOUBLE ?
LAISSEZ, DON GIORGIO, JE M'EN OCCUPE.

Nous n'étions pas encore nés, mais Don Giorgio, notre curé, m'a raconté l'accueil que mon père lui avait réservé.

D' AILLEURS, VU L' HEURE AVANCÉE, MON FILS DOIT VOUS ATTENDRE POUR SON COURS D' ARITHMÉTIQUE !
LES CLEFS, JE VOUS PRIE !
VOUS… VOUS AVEZ RAISON, MONSIEUR BATTISTA… PARDON, EXCUSEZ-MOI.

Les Battista ont toujours administré Monteluccia. Chaque génération les a détestés. Chaque génération les a respectés. Ils ne peuvent pas laisser quelqu'un leur tenir tête… surtout pas un Milanais.

JE COMPRENDS MIEUX LORSQUE VOUS PARLIEZ DES SAUVAGES DE CE PAYS…
LES CLEFS, DISIEZ-VOUS ?
EH BIEN, EN L' ABSENCE D' UNE PROCURATION DÛMENT VALIDÉE PAR L' INSPECTEUR D' ACADÉMIE, LES CLEFS DU LOGEMENT DE FONCTION NE PEUVENT ÊTRE REMISES QUE PAR UN REPRÉSENTANT DU MINISTÈRE DE L' ÉDUCATION NATIONALE.
ADRESSEZ-VOUS AU RECTORAT QUI VOUS FERA PARVENIR UN DOUBLE DES CLEFS DANS LA SEMAINE COURANTE.

BLING!

Dans les cafés de Milan, Erminio avait passé des heures à écouter son ami Paolo Rosa. Sicilien d'origine, ce presque frère lui avait transmis la nostalgie de son île. Il n'était pas arrivé ici par hasard.

TOC! TOC!
J'AVAIS OUBLIÉ QUE LA FEMME DE MÉNAGE AVAIT AUSSI UN DOUBLE DES CLEFS...

VOUS SAVEZ, MONSIEUR ERMINIO, JE VOUDRAIS PAS VOUS OFFENSER, MAIS SI VOUS COMMENCEZ COMME ÇA AVEC MONSIEUR LE MAIRE...
...ÇA RISQUE DE TRÈS MAL SE PASSER POUR VOUS ICI.

Comment le jeune Erminio aurait-il pu deviner qu'une si jolie vallée puisse être le théâtre d'une xénophobie si triviale? Pétri de bons sentiments, il n'avait pas entendu les mises en garde de son ami.

Erminio était orphelin de guerre. Ballotté d'internats en internats, il voulait trouver dans la terre natale de son ami un sol où planter ses racines. Enfin il allait se sentir chez lui quelque part...

Benzin
Diesel
...et pouvoir fonder la famille dont il avait tant manqué.
C'EST MIGNON À CET ÂGE-LÀ, N'EST-CE PAS?!
REGARDEZ BIEN! ÇA VA DEVENIR DRÔLE!...
...V'LÀ SON FRANGIN QUI RAPPLIQUE!
PUTTANA!
...

J'AI FAIT VENIR PAOLO ROSA, LE RECTEUR DE ROME.
C'EST RÉGLÉ : IL VIENT AVEC LE NOUVEL INSTIT'.
QUI ? ERMINIO PERONI ?
MAIS NON, UN AUTRE ! CELUI-LÀ, IL VA RETOURNER D'OÙ IL VIENT ! J'AI FAIT LE NÉCESSAIRE.
VIENS AVEC TES ÉLÈVES À 11H30 AU VERGER. ON FERA LES PRÉSENTATIONS.
OUI... IL TIENT ABSOLUMENT À CE QUE TOUT LES MÔMES SOIENT LÀ.

Je me suis souvent demandé comment ta mère, si douce, pouvait être la sœur de mon père, si rustre...

Requiem æternam dona eis domine et lux perpetua luceat eis Te decet hymnus Deus in Sion et tibi reddetur votum in Jerusalem exaudi orationem meam, ad te omnis caro veniet Requiem æternam dona eis...
MERCI, LES ENFANTS, POUR CE PETIT HOMMAGE À NOTRE REGRETTÉ INSTITUTEUR...
...MAESTRO TOMASI, QUI NOUS A QUITTÉS LE MOIS DERNIER ET QUE NOUS AIMIONS TANT.
SIGNOR ROSA, JE VOUS PRÉSENTE MA SŒUR, L'INSTITUTRICE DES FILLES...
MES HOMMAGES !
...ET ERMINIO PERONI QUI A GENTIMENT REMPLACÉ MAESTRO TOMASI CES DERNIERS JOURS...
...LE TEMPS POUR VOUS DE TROUVER UN NOUVEL INSTITUTEUR... QUE VOUS ALLEZ NOUS PRÉSENTER...
BONJOUR LES ENFANTS. C'EST UN GRAND PLAISIR POUR MOI D'ÊTRE ICI PARMI VOUS...
...C'EST D'ABORD L'OCCASION DE RETROUVER MA SICILE NATALE...
...MAIS AUSSI DE VOUS PRÉSENTER VOTRE NOUVEL INSTITUTEUR, BIEN QUE VOUS LE CONNAISSIEZ DÉJÀ...
...IL A OBTENU DES RÉSULTATS BRILLANTS À SES EXAMENS DE FIN D'ÉTUDES, ET EST SORTI MAJOR DE SA PROMOTION. C'EST AINSI QU'IL A EU LE PRIVILÈGE DE CHOISIR SON AFFECTATION.

Ton oncle Battista ne pensait pas qu'il aurait des difficultés à le faire partir. Il savait toujours, par quelques relations, faire le « nécessaire » pour arriver à ses fins.

EN PLUS, IL SAIT FAIRE DES SPECTACLES DE PUPI !
OUAIS !!
BRAVOOO !!

C'était sous-estimer Paolo, recteur à Rome, qui avait beaucoup d'influence lui aussi.

MAIS TU NE M'AVAIS PAS DIT QUE TU VENAIS !
DIS-TOI BIEN QUE SI JE N'ÉTAIS PAS VENU, TU SERAIS DÉJÀ DANS LE TRAIN, DIRECTION MILAN !
BATTISTA A FAIT JOUER SES APPUIS AU MINISTÈRE POUR TE FAIRE REMPLACER.
HEUREUSEMENT QUE J'AIS DES AMIS AU RECTORAT DE PALERME.
TU TE SOUVIENS, UN JOUR TU M'AVAIS PARLÉ D'UNE CACHETTE OÙ TU ALLAIS AVEC TA COUSINE ? VOTRE « PLANQUETTE » COMME TU DISAIS… EH BIEN, JE L'AI TROUVÉE.
TUT ! TUUUUT !
JE DOIS Y ALLER, MAINTENANT.
OH ? TU NE JOUES PLUS AVEC TA COUSINE ?
ON S'EST RENCONTRÉS AU MINISTÈRE… TU COMPRENDS MAINTENANT POURQUOI JE SUIS RESTÉ À ROME.
ÇA SERAIT UN PEU « RUDE » POUR NOUS ICI !
ALLEZ, PAS D'EXCÈS DE ZÈLE, HEIN ?!
TIENS-TOI À CARREAU ET TOUT SE PASSERA BIEN.
ESSAIE DE T'ENTENDRE AVEC L'INSTITUTRICE. ÇA SERA DÉJÀ ÇA…
PRENDS SOIN DE TOI, IL MIO AMICO !
ADDIO, PAOLO.

Une amitié née sous le joug fasciste alors qu'ils se parlaient en sicilien sur les bancs de la fac à Milan. Ainsi on ne pouvait pas les comprendre, c'était leur forme de résistance à eux.

ARRIALATE L'ARANCI, ARRIALATE!
CON QUELLO?
FRISCU 'U PISCISPADA, FRISCU!
'I PUMMARORU 'PPI BOITTE!
LUNA LUNEDDAAAA, MÂ FAI A CUDDUREDDAAA...
M' A-FFARI BBEDDA RANNIIIIII ...QUANTU A CHIDA I SAN CIUVANIIIII...
Carmelo Assenza
Tichitignòla
VOUS N' ALLEZ PAS APPRENDRE ÇA À VOS ÉLÈVES !?
SAVEZ-VOUS QUE C'EST PLUTÔT UNE CHANSON POUR LES PETITES FILLES?
MONSIEUR PERONI? POUVEZ-VOUS VENIR UN INSTANT POUR VOTRE FICHE D'INSCRIPTION?

Patriarche autoritaire, Battista régnait sur son monde, particulièrement ta mère. Il n'avait pas de frère, et pour le prestige de la famille il avait consenti à la laisser faire quelques études. Elle était devenue institutrice.

MADAME ROSSO? JE... VOUS...
VOUS AVEZ MANGÉ MES DEUX CANNOLI!?
QUOI, VOS CANNOLI?
EH!... VOUS AVEZ ENCORE DES MIETTES SUR LE MENTON!
MAIS... C'ÉTAIENT LES MIENS!
JE LES AI ACHETÉS TOUT À L'HEURE AVEC GIOVANNI, MON MARI!
HIHI!...VOUS ÊTES BÊTE!

C'était la femme la plus émancipée du village. Pour autant que l'on puisse parler d'émancipation féminine entre un frère autoritaire et un mari jaloux!

TU EN AS MIS UN TEMPS À CHOISIR TES LIVRES!
J'AI FAILLI MONTER!
JE TE SIGNALE QU'ON DEVAIT PASSER EN DÉBUT D'APRÈS-MIDI CHOISIR LA CAMIONNETTE POUR LA SCIERIE...
C'ÉTAIT BIEN LA PEINE QU'ON PASSE RUE ETNA CHERCHER DES GÂTEAUX...TU LES AS MÊME PAS MANGÉS! ET PUIS JE CROYAIS QUE T'AIMAIS PAS CEUX À LA RICOTTA?!
D'ABORD ILS ÉTAIENT AU CHOCOLAT, ET JE LES AI MANGÉS TOUT À L'HEURE...
ET ÇA... C'EST QUOI?
ALLEZ, HUE!

Lors de ses premiers mois à l'école, le nouvel instituteur était tout simplement ignoré par les villageois.
Les enfants, pas encore habitués, le trouvaient un peu bizarre. Jamais le nouveau maître n'utilisait le martinet, jamais on n'était obligé de se signer, ni de faire la prière.
Don Giorgio était le seul à s' indigner ouvertement de ces nouvelles pratiques.

LA LETTRE... J'AI OUBLIÉ LA LETTRE!
QUELLE LETTRE?
VOUS FERIEZ MIEUX DE REGARDER LA ROUTE!...
... PARDON, JE NE DIS PAS ÇA PARCE QUE VOUS ÊTES UNE FEMME, HEIN?
ELLE EST PAS DANS VOT' VALISE?
NON, JE CROIS QUE JE L'AI OUBLIÉE DANS LA CUISINE.
VÉRIFIEZ!
SIMONETTA... IL FAUT VRAIMENT QU'ON REMONTE!
Erminio s'est vite intéressé aux talents de chacun. À commencer par Giuseppe, le maçon.

ÇA VA PAS ÊTRE SIMPLE, VOTRE AFFAIRE!!
IL FAUDRAIT ENCORE RAJOUTER DEUX BARRIÈRES SUR LES CÔTÉS POUR QUE LES ENFANTS NE TOMBENT PAS.
CERTO! ...
DIO! PLANQUONS-NOUS!!

AÏE! VOUS ÊTES FOU, ÇA PIQUE!!!
CHUUT!...
QU'EST-CE QUI SE TRAFIQUE ENCORE DANS CETTE ÉCOLE?

Le Milanais pensait profondément que tout le monde avait le droit d'aller à l'école.

REGARDE! ÇA VIENT D'ÊTRE COULÉ...
ON DIRAIT LE BOULOT DE GIUSEPPE: LA CHAPPE N'EST MÊME PAS LISSE!

IL FAIT CHIER, LE MILANAIS !
MAIS POURQUOI IL FAIT ÇA ?
À TON AVIS ? ÇA RESSEMBLERAIT PAS À UNE RAMPE D'ACCÈS POUR HANDICAPÉS ?!
S'IL CROIT QU'AVEC ÇA MON GAMIN VIENDRA À L'ÉCOLE !...
OHLÀLÀ ! IL EST VRAIMENT TROP BÊTE !
ET GIUSEPPE, JE VAIS LE VIRER ILLICO !
JE SUIS DÉSOLÉ...
J'SUIS TROP CON, OUI !
PINO, NE VOUS FÂCHEZ PAS ! C'EST MA FAUTE, J'IRAI LUI PARLER...
NON, ÇA VA ! ARRÊTEZ VOS CONNERIES, MAINTENANT... JE M'EN SORTIRAI MIEUX TOUT SEUL.

Il était décidé à défendre ce droit coûte que coûte... parfois au détriment d'autrui.

GIUSEPPE !

Le Milanais avait un drôle d'accent, mais il parlait le sicilien... et c'était le minimum pour faire un travail d'instituteur à Monteluccia. Il avait des idées qu'il gardait pour lui et d'autres qu'il commençait à mettre en pratique, par exemple ce qu'il appelait « les excursions pédagogiques »...

QUAND MÊME, VOUS ÊTES GONFLÉ ! VOUS M'AVEZ FAIT REMONTER POUR RIEN…
…HEUREUSEMENT QUE JE FAIS PAS PAYER À LA DURÉE DU TRAJET !
OUI… MAIS CE N'EST PAS DE MA FAUTE… ET PUIS CETTE VESTE…
…JE NE LA METS PAS SOUVENT AVEC SES POCHES À GAUCHE, UNE AUTRE À L'INTÉRIEUR ET… ALORS JE…
… AVEC CETTE DOUBLURE QUI SE…
…
ALLEZ… FAITES PAS CETTE TÊTE !
MOI AUSSI, PARFOIS, JE PERDS LA BOULE !

Jamais aucun instituteur n'avait emmené les élèves en dehors de l'école. Certains enfants n'avaient même jamais vu de cirque...

« POINT À LA LIGNE ; JULIEN SE TOURNA VIVEMENT ET FRAPPÉ DU REGARD SI REMPLI DE GRÂCE DE MADAME DE RÊNAL, VIRGULE... *
...IL OUBLIA UNE PARTIE DE SA TIMIDITÉ, POINT. BIENTÔT, VIRGULE, ÉTONNÉ DE SA BEAUTÉ, VIRGULE, IL OUBLIA TOUT, VIRGULE, MÊME CE QU'IL VENAIT DE FAIRE, POINT. MADAME DE RÊNAL AVAIT RÉPÉTÉ SA QUESTION...
JE VIENS POUR ÊTRE PRÉCEPTEUR, MADAME, LUI DIT-IL ENFIN, VIRGULE...
...TOUT HONTEUX DE SES LARMES QU'IL ESSUYAIT DE SON MIEUX, POINT À LA LIGNE.

* « LE ROUGE ET LE NOIR » ; STENDHAL.

MADAME DE RÊNAL RESTA INTERDITE, ILS ÉTAIENT FORT PRÈS L'UN DE L'AUTRE À SE REGARDER, POINT.
JULIEN N'AVAIT JAMAIS VU UN ÊTRE AUSSI BIEN VÊTU ET SURTOUT UNE FEMME AVEC UN TEINT SI ÉBLOUISSANT, VIRGULE, LUI PARLER D'UN AIR DOUX.
LUI-PARLER-D'UN-AIRRR-DOUX, POINT.
MADAME DE RÊNAL...
HOURRA !
...MADAME DE RÊNAL REGARDAIT LES GROSSES LARMES QUI S'ÉTAIENT ARRÊTÉES SUR LES JOUES SI PÂLES D'ABORD ET MAINTENANT SI...

Petit à petit, il réussit à toucher le cœur des enfants. D'autres succombèrent également à son charme.

HUM...
...ET MAINTENANT SI ROSES DE CE JEUNE PAYSAN, POINT. BIENTÔT ELLE SE MIT À RIRE...
...AVEC TOUTE LA GAIETÉ FOLLE D'UNE JEUNE FILLE, VIRGULE, ELLE SE MOQUAIT D'ELLE-MÊME ET NE POUVAIT SE FIGURER TOUT SON BONHEUR. »
Retrouve-moi ce soir après le dîner dans l'oliveraie...
Il tuo piccolo cannolo d'amore...

HEY, DARLING !
MAIS TU ES FOU !

Cher Salvatore, je ne vais pas te le cacher plus longtemps : quelques semaines seulement ont suffi à ta mère pour tomber amoureuse d'Erminio.

OÙ AS-TU TROUVÉ TOUT ÇA ENCORE ?
OH LÀ LÀ ! C'EST SUPER !

Aujourd'hui, je suis encore étonné : comment avait-elle pu transgresser si vite les interdits religieux qui imprégnaient les mentalités siciliennes de l'époque ?

POU-POU-PIDOU, OUH !
VIENS LÀ, BABY !

Pour certaines affaires un peu spéciales, Battista envoyait parfois ton père à Palerme dans la nuit.
C'était quelques heures volées à la raison, à la religion et à la toute-puissance de Battista.

Erminio et Anita profitaient de ces rares occasions pour se retrouver. Comme de jeunes chatons qui jouent avec le châle de la fermière venue les noyer.

TOUSS! TOUSS!
ÇA TE DIRAIT D'ALLER EN AMÉRIQUE?

Ils avaient beau se cacher, mon père, du haut de son promontoire, était probablement au courant...

PAPA... ARRÊTE !
ARRÊTE... S'IL TE PLAÎT...

Heureusement pour tante Anita, à cette époque, il avait d'autres chats à fouetter.

DON BATTISTA ! ...
...PAS DEVANT LA VIERGE !
...VOTRE FEMME LA VÉNÉRAIT TANT !
MAMAN, ELLE M'AVAIT PROMIS...
TAIS-TOI !

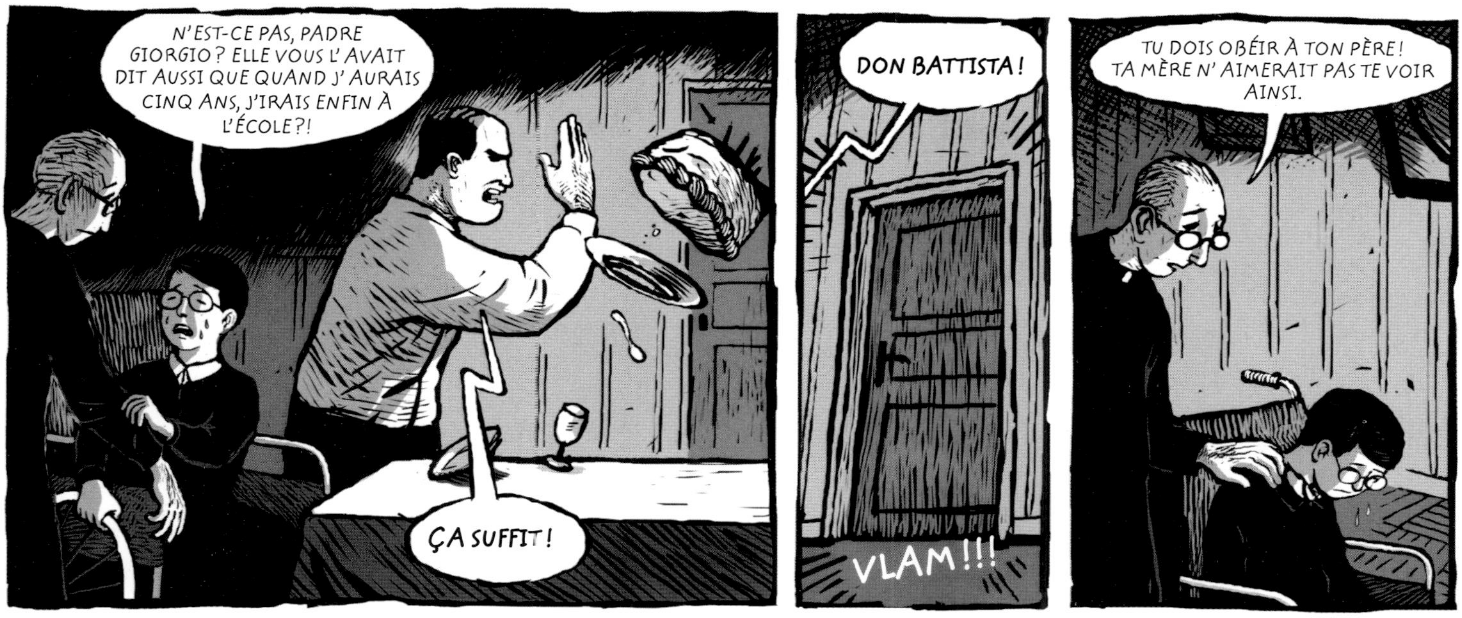
N'EST-CE PAS, PADRE GIORGIO ? ELLE VOUS L'AVAIT DIT AUSSI QUE QUAND J'AURAIS CINQ ANS, J'IRAIS ENFIN À L'ÉCOLE ?!
ÇA SUFFIT !
DON BATTISTA !
VLAM !!!
TU DOIS OBÉIR À TON PÈRE ! TA MÈRE N'AIMERAIT PAS TE VOIR AINSI.

Lorsque quelque chose échappait à son contrôle, il devenait furieux. J'en ai souvent fait les frais...

TU ES UN GRAND GARÇON MAINTENANT.
C'EST VRAI QU'À L'ÉCOLE ILS FONT DES GOÛTERS D'ANNIVERSAIRE ?
OUI, J'AI ENTENDU DIRE ÇA. MAIS C'EST PAS COMME ÇA QUE CE MAÎTRE VA APPRENDRE L'ARITHMÉTIQUE À SES ÉLÈVES...
OH ! DON GIORGIO ! JE ME RAPPELLE TRÈS BIEN DE CE QUE VOUS M'AVIEZ DIT...
...QU'UN JOUR JE DEVRAIS AVOIR UN VRAI INSTITUTEUR PARCE QUE...
...PARCE QUE L'"ARITMÉTIQUE", C'EST PAS LA PRÉ...DI...LECTION DE VOTRE DOMAINE, VOUS DISIEZ !

FORZA ! BANDA DI PIGRI !

Tous les jours, je trouvais un prétexte pour aller au village. Dans ma tête, je faisais comme si j'allais à l'école. Mon fauteuil me paraissait de plus en plus léger. Quand je passais devant l'école des filles, près du verger, tante Anita me faisait un signe. Elle semblait radieuse… mais pour d'autres raisons.

Frutta
e
Verdura

TSSS-TSSS… VOUS ÊTES BIEN CURIEUX!
OH, JE SAIS BIEN À QUOI VOUS PENSEZ…
JE NE CROIS PAS, NON…

Avec cette liaison, ta mère s' est donné le droit de penser un peu à elle, d' avoir les mêmes envies que les filles libre
e son époque.

VOUS PENSEZ QUE VOUS N' AVEZ PAS RÉUSSI À ME FAIRE AIMER LES LIVRES, LE THÉÂTRE ET TOUT ÇA…
HÉ, AVANTI!
TUT! TUUUUT!
MAIS MOI, L' AMÉRIQUE, ÇA ME FAIT RÊVER, J' Y PEUX RIEN…
IL L'EMMÈNE DANSER…ILS SE CACHENT DANS LA VOITURE, Y'A PLEIN DE BUÉE SUR LES VITRES…C'EST FOU COMME ILS S'AIMENT JE PLEURE À TOUS LES COUPS, C' EST PLUS
KATE WINSLET

BUONGIORNO!
BROUM BROUM!

Trois semaines à peine après la soirée dans la cabane, Giovanni repartit deux jours entiers à Palerme.

TAORMINA ! TAORMINA ! TOUT LE MONDE DESCEND !
TERMINUS !

Ta mère put à nouveau abandonner pendant quelques heures cette image de fille sérieuse et se laisser aller.

CHI È QUESTO?

HOT
HO HO!
HI HI HI!

Teatro
di Taormina
19h
DÉPÊCHEZ-VOUS ! ON FERME DANS VINGT MINUTES !
Teatro Antico
BIGLIETTERIA

Ils avaient besoin d'amour pour s'épanouir... Une idée alors pas très répandue à Monteluccia.

Devoir se cacher pour s'aimer participait sans doute de leur passion si grande...

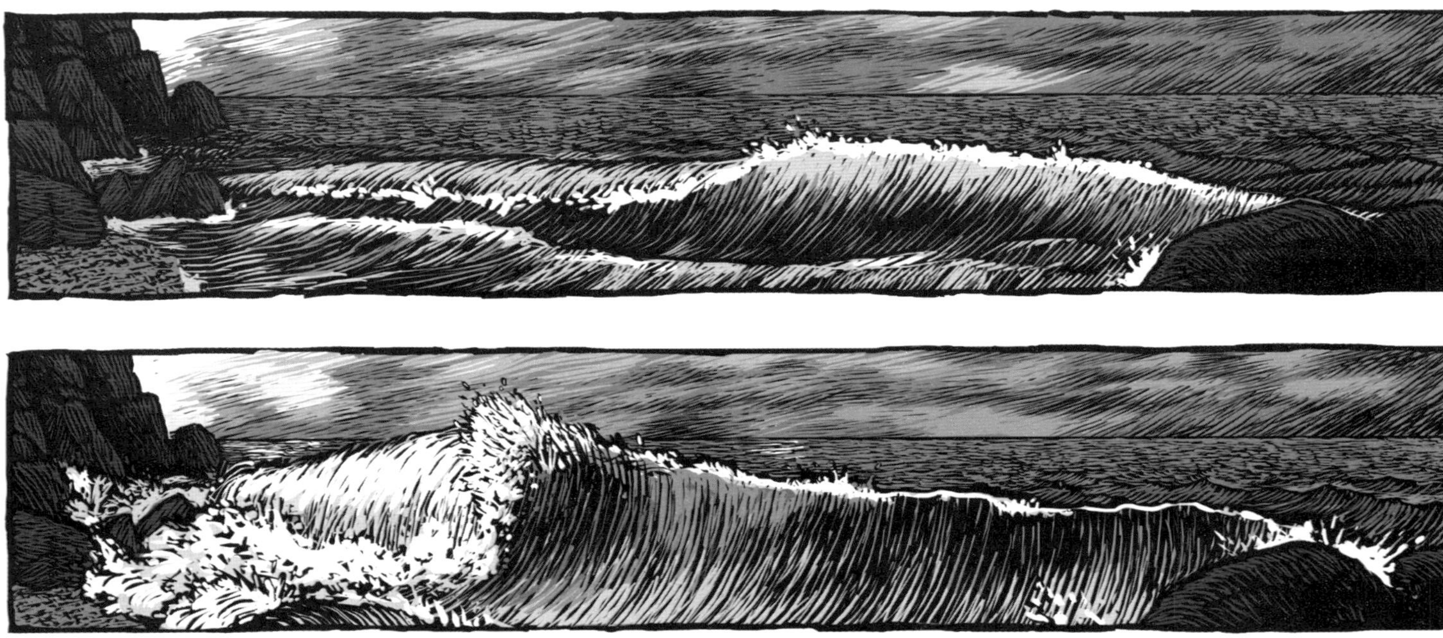

... mais d'une façon ou d'une autre...

...la culture de la culpabilité vient toujours à bout des amants les plus éperdus.

Chiuso
ANITA!

L'Amérique est toujours plus loin qu'on ne croit.

C'EST HORS DE QUESTION !
SIGNOR MARCIANO, C'EST LA MEILLEURE ÉCOLE DE TOUTE L'AMÉRIQUE... NINO AURA TOUJOURS DU TRAVAIL.
VOUS POUVEZ PAS COMPRENDRE, VOUS N'AVEZ PAS D'ENFANT !
C'EST MON SEUL FILS...
BONG !
IL SERA MARÉCHAL-FERRANT !
MARÉCHAL-FERRANT N'EST PAS UN MÉTIER D'AVENIR ! REGARDEZ AUTOUR DE VOUS, ENFIN... IL Y A DE PLUS EN PLUS DE VOITURES ! BATTISTA VIENT MÊME D'ACHETER UN TRACTEUR...

Erminio comprit que ta mère ne quitterait jamais Monteluccia.
Le rêve américain se tournerait donc vers quelqu'un d'autre.

POUSSEZ-VOUS !
LA SOCIÉTÉ EST EN TRAIN DE CHANGER... LES GENS ONT BESOIN DE RÊVER, D'ALLER VOIR DES ARTISTES...
LAISSEZ-MOI FAIRE MON TRAVAIL !
COMMENT VOULEZ-VOUS QUE NOS ENFANTS AIENT ENVIE DE FAIRE AUTRE CHOSE QUE LES MARIOLLES AVEC CE QUE VOUS LEUR ENSEIGNEZ !?

SIGNORA, VOTRE FILS A DU TALENT !
VOUS NE ME PRENDREZ PAS MON FILS !

Aucune décision d'importance n'était prise au village sans qu'on fasse appel à mon père. Surtout lorsqu'il s'agissait de près ou de loin du Milanais. Ce cadeau était suspect. Essayait-il d'acheter leur fils ?

CE BILLET VAUT UN AN DE SALAIRE, C'EST UNE CHANCE POUR VOTRE FILS.
ÇA NE SE REPRODUIRA PAS DEUX FOIS DANS SA VIE !
RÉFLÉCHISSEZ BIEN !

Mon père les a convaincus. « C'est effectivement une chance pour votre fils. Je connais des gens à New York. Je ferai le nécessaire pour qu'il ne lui arrive rien... »

À DEMAIN, NINO ! BONSOIR.

Mon père a toujours eu honte de moi. Mon handicap lui rappelait sans cesse la mort de Maman. Comme si je devais porter seul la culpabilité de l'accident.

GRAZIE, BAMBINO !
SIMONETTA, ATTENTION !!!
RPRPRR !!
ALLEZ DONC L'AIDER ! VOUS VOYEZ BIEN QU'ELLE N'Y ARRIVERA PAS TOUTE SEULE !
SIMONETTA ! QU'EST-CE QUE VOUS FAITES ?
RPRPRR !!
ELLE VA Y ARRIVER TOUTE SEULE ! VOUS ALLEZ VOIR...
POC !
VOUS VOYEZ, LES FAUTEUILS D'AUJOURD'HUI SONT BIEN PLUS MANIABLES QUE CEUX DE L'ÉPOQUE DE LUIGI.
C'EST PAS UNE RAISON...

TU M'AIDES À MONTER? JE VOUDRAIS VOIR LES CHOUETTES QUI DORMENT LÀ-HAUT.
?...
QU'EST-CE QU'IL FOUT LÀ-HAUT?! PIETRO, VA LE CHERCHER!!!
BLAM!! BLAM!! BLAM!!
PROMETS-MOI QUE TU VAS ME LAISSER ALLER À L'ÉCOLE!
JAMAIS DE LA VIE! DESCENDS, MAINTENANT!
À TROIS, JE SAUTE!!!...
ATTENDS! ATTENDS! JE VAIS Y RÉFLÉCHIR...

PROMETS D'ABORD QUE J'IRAI!
C'EST BON, C'EST PROMIS... MAIS DESCENDS, MAINTE-NANT.
TU M'AS EU UNE FOIS MAIS PAS DEUX!!! TU PEUX TOUJOURS RÊVER, POUR L'ÉCOLE!
MAIS MAESTRO ERMINIO A MÊME FAIT CONSTRUIRE UNE RAMPE POUR MOI! ...
...JE L'AI VUE L'AUTRE JOUR...
RAMPE OU PAS, C'EST ICI QU'ON VA TE MATER!
!?

DING!
DING!
DING!

La seule qualité dont j'ai hérité de mon père est la ténacité.

QUI EST LE DERNIER QUI N'A PAS FERMÉ LA PORTE?

SI JE L'ATTRAPE, IL SERA DE CORVÉE DE BÛCHES PENDANT UNE SEMAINE !
BOUM
BRAOUM

Ce fut le plus beau jour de ma vie.

CORVÉE DE BÛCHES !
CORVÉE DE BÛCHES !

VITE, À L'AILE GAUCHE !
NINO ! UNE PASSE !
CONTINUEZ CET EXERCICE : JE VAIS DISCUTER DANS LE COULOIR AVEC MONSIEUR PERONI.
IL FAUT QU'ON S'ORGANISE AVEC LA CLASSE DES GARÇONS POUR LE CERTIFICAT D'ÉTUDES.
À L'ATTAQUE !
C'EST DE LA TRICHE !
J'AI DONNÉ LES BILLETS À NINO...
TU AS TRÈS BIEN FAIT !

Même si l'école n'a pas toujours été une partie de plaisir pour moi, je vouerai une reconnaissance éternelle à Erminio de m'avoir offert ces quelques heures de liberté quotidiennes.

MON AMI PAOLO PEUT NOUS MUTER À ROME, JE LUI EN AI PARLÉ.
MAIS PARLES-EN À LA TERRE ENTIÈRE PENDANT QUE TU Y ES ! TU VEUX TE FAIRE TUER ?!
UN SÉMINAIRE DE FORMATION, ALORS...
JUSTE QUELQUES JOURS... LOIN D'ICI...

C'EST PAS JUSTE, JE PEUX PAS BOUGER !
TU NE COMPRENDS VRAIMENT RIEN, ERMINIO ! C'EST ALLÉ TROP LOIN !
JE REGRETTE DÉJÀ TOUT CE QUI S'EST PASSÉ…
LAISSE-MOI TRANQUILLE, JE NE VEUX PLUS TE VOIR !
JE NE PEUX PAS VIVRE SANS TOI…
LUIGI, LUI, FAIT ÇA TOUS LES MATINS !
TÜÜÜT
TÜÜÜÜÜT

Alors qu'il vivait le cruel échec de sa passion amoureuse, il m'aidait à rester motivé… Il m'offrait de belles revanches. C'était parfois par des méthodes que les villageois avaient du mal à comprendre !

À QUOI VOUS JOUEZ, ENCORE ! C'EST QUOI, CETTE MISE EN SCÈNE ?
JE LEUR ENSEIGNE LE RESPECT !
VOUS CROYEZ QUE JE N'AI PAS DÉJÀ ASSEZ HONTE AVEC CE FILS !?
VOUS AVEZ VRAIMENT DE LA CHANCE D'AVOIR LE RECTEUR COMME AMI !
MAIS, DON BATTISTA…
C'EST PLUTÔT MOI QUI DEVRAIS ÊTRE HONTEUX D'AVOIR UN PÈRE COMME ÇA !

PAPA ! PAPA !
AU SECOURS ! AU SECOURS ! J'AI PEUR ! S'IL VOUSPLAÎT... NE ME TUEZ PAS, MONSIEUR LE MARTIEN !
HA HA HA !
HA HA !
EH ! MAIS C'EST MOI, PAPA !
OUF !

Mon cher cousin, te souviens-tu du premier jour où tu as vu Erminio ? Vous étiez tous les deux drôlement déguisés !

REGARDE LE BEAU COSTUME QU' ELLE M' A FAIT, MAMAN !
OOH ! MAIS COMMENT T' APPELLES-TU, PETIT MARTIEN ?
SALVATORE ROSSO, MAESTRO !
BONJOUR SALVATORE ! MOI JE SUIS YOURI GAGARINE LE COSMONAUTE !
ARRÊTE Z DE FAIRE LE MARIOLLE, MAINTENANT !
VOUS LUI RACONTEREZ VOS CONNERIES QUAND IL SERA OBLIGÉ D'ALLER À L'ÉCOLE !
ALLEZ, BAMBINUDDRU... RENTRE, MAINTENANT, MAMAN DOIT S'IN-QUIÉTER.
MAMAN ! MAMAN ! BZZZOUM !

DZINGG!
BOUM!
DZINGG!
BOUM!
BRAVOOO!

Après avoir conquis les enfants, Erminio commençait à être apprécié par les habitants. Son idée de spoutniks et de cosmonautes avait séduit tout le monde.

OH LÀLÀ! QU'EST-CE QU'IL A GRANDI, VOTRE PETIT SALVATORE!
C'EST QU'IL A DÉJÀ QUATRE ANS!!!
JUSTE QUAND MON NINO EST PARTI POUR L'AMÉRIQUE.
AAH! J'AI ENTENDU DIRE QU'IL VIENDRAIT BIENTÔT VOUS VOIR?
OUI! CE QUE JE SUIS CONTENTE! ON AVAIT TELLEMENT PEUR QUAND IL EST PARTI...
ET DIRE QUE MAINTENANT IL NOUS ENVOIE MÊME DE L'ARGENT TOUS LES MOIS!
C'EST VOUS QUI AVIEZ RAISON, MONSIEUR ERMINIO.

Ça faisait longtemps qu'on avait pas eu un carnaval comme celui-là!

ALORS... QU'EST-CE QUE VOUS EN PENSEZ?
IL EST PAS BEAU, MON NOUVEAU TRACTEUR?!
DZINGG!
BOUM!
OUI, ENFIN...
...LE CHAR QUE GIOVANNI ET LES ENFANTS ONT CONSTRUIT N'EST PAS MAL NON PLUS!...

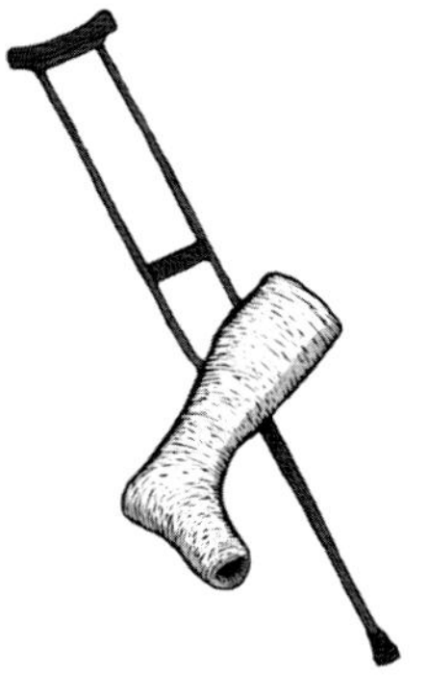

Grâce à la réussite de Nino à New York, Erminio gagna progressivement la confiance des habitants de Monteluccia.

POSTA TELEGRAFO
PT
C' EST MAINTENANT OU JAMAIS POUR VOTRE LETTRE!
DONNEZ-LA-MOI.
UNE LETTRE? QUELLE LETTRE?
ENFIN, MAESTRO!!! VOUS VOUS FICHEZ DE MOI! ON EST REMONTÉS EXPRÈS POUR LA CHERCHER.
C'EST VRAI! JE L'AVAIS OUBLIÉE...
SANTA MADRE!
JE LA POSTERAI PLUS TARD. ELLE N' EST PAS TIMBRÉE.
J' VAIS VOUS EN CHERCHER MOI, DES TIMBRES...
NON, MAIS LAISSEZ... VOUS AVEZ VU LA FILE! JE LA POSTERAI PLUS TARD, JE VOUS DIS.
SALUT, SIMONETTA! TU VIENS MANGER UNE GLACE AVEC NOUS, ON A FINI NOTRE TOURNÉE.
POSTA TELEGRAFO
PT
NON NON... ON EST DÉJÀ EN RETARD.
VOUS POURRIEZ ME POSTER UNE LETTRE?
NON! PAS QUESTION!
VOUS VOULEZ QUE JE SOIS FRANCHE AVEC VOUS?
J' CROIS BIEN QUE C' EST VOUS QU' ÊTES TIMBRÉ!

"Il Gatto" in full rise
Il Gatto : always higher !
equilibrist
TU M' AVAIS RACONTÉ COMMENT NINO AVAIT RÉUSSI... MAIS ÇA DÉPASSE TOUT CE QUE J'IMAGINAIS !
JE NE REGRETTE PAS DE T' AVOIR AVANCÉ CET ARGENT POUR LES BILLETS !
C'EST DEVENU UNE VRAIE STAR !
ÇA VA ? ILS SONT À LA MÊME HAUTEUR DES DEUX CÔTÉS ?

Pour montrer sa bonne intégration à Monteluccia, Erminio invita son ami Paolo à fêter le retour du funambule américain.

OUI, À L'ÉPOQUE, QUAND J' EN AI PARLÉ À SES PARENTS, JE NE SAVAIS MÊME PAS S' IL EXISTAIT VRAIMENT DES ÉCOLES DE CIRQUE À NEW YORK !
HEUREUSEMENT, AUJOURD' HUI, CE SONT EUX QUI ME REMERCIENT.
LE CHAT MASQUÉ...
UN MALIN, CE NINO...

TU ES SÛR QU'ILS VONT VENIR? IL EST DÉJÀ CINQ HEURES.
DONNE-MOI UN BOUT DE LA BANDEROLE!
AH! VOILÀ DÉJÀ NOTRE STAR!
...MAIS? QU'EST-CE QUI T'EST ARRIVÉ?
JE FAIS UN MÉTIER À RISQUES, ERMINIO!
OH, MINCE ALORS! ET MOI QUI AVAIS FAIT VENIR UN FIL DE FER PROFESSIONNEL...
DÉSOLÉ, MAESTRO!
ENCHANTÉ, NINO.
PAOLO, AMI D'ERMINIO ET RECTEUR.
VOUS ALLEZ BIEN? JE ME SOUVIENS DE VOUS, VOUS SAVEZ!
BENVENUTO AL NOSTRO NINO!
ALORS, RACONTE! C'EST COMMENT L'AMÉRIQUE?

JE COMPRENDS PAS…
MAIS VOYONS ! C'EST SANTA LUCIA AUJOURD'HUI ! ILS SONT TOUS À LA PROCESSION.
IL MIO POVERO ! LE MILANAIS FAIT DES PROGRÈS, À CE QUE JE VOIS…

Malgré des efforts louables pour respecter la religion, Erminio avait toujours du mal à ne pas faire de gaffes. C'était plus fort que lui. Il était athée et avait du mal à le cacher.

TUT ! TUT !
PAS DE PANIQUE, JE LEUR AI DIT DE SE DÉPÊCHER !
…MAIS VOUS SAVEZ, ILS SONT À PIED !
BON ALORS ! ILS SONT ENCORE FRAIS, VOS CANNOLI !
C'EST QUE ÇA CREUSE, LA MONTAGNE ! HAHA !

J' EN PEUX PLUS, J' AI UNE DE CES SOIFS !
EH LES GARS, VOUS CROYEZ QU' ON PEUT S' ARRÊTER BOIRE UN COUP ?
PERSONNE NE S' ARRÊTE « BOIRE UN COUP » TANT QUE NOTRE SAINTE PATRONNE N' A PAS RETROUVÉ SON AUTEL !

Seul Nino et Paolo, qui voyaient l'envers du décor à Rome et New York, pouvaient le comprendre sur ce point.

EH BIEN, FINALEMENT ON A EU DU MONDE, HEIN ?
ET LES SURPRISES NE SONT PAS TERMINÉES !
À VOTRE TOUR D'ÊTRE MASQUÉ, MAESTRO.
?
ON VA OÙ ?
MAIS ON VA OÙ À LA FIN, NINO ?
QUELLE IMPATIENCE !

ALORS?
ALORS QUOI?
SIGNORE, SIGNORINE, SIGNORI, ECCO IL GRANDE TEATRO DI MONTELUCCIA!
MAIS...? JE NE COMPRENDS PAS!?
ICI: LA SCÈNE!
LÀ-BAS: LE PUBLIC!
À GAUCHE: LA BILLETERIE!
À DROITE: LA BUVETTE!
TON THÉÂTRE DE PUPI, ERMINIO! ÇA FAIT DES ANNÉES QUE TU EN RÊVES. IL EST À TOI!
OH! MAIS C'EST DE LA FOLIE, NINO! JE NE PEUX PAS ACCEPTER!
TON BILLET POUR L'AMÉRIQUE M'A PERMIS DE RÉALISER MON RÊVE...
À MOI DE T'AIDER À RÉALISER LE TIEN.

Malgré ses difficultés, Erminio était toujours resté optimiste sur la nature humaine.

PAOLO! PAOLO! VIENS VOIR MON THÉÂTRE!

NOM D'UN CHIEN ! QU'EST-CE QUI SE PASSE ?
NON ! LES ENFANTS, VOUS RESTEZ ICI !
ON DIRAIT QUE ÇA VIENT DE LA ROUTE DE CATANE !
ALLEZ, LES GARS, ON VA VOIR !
C'EST SÛREMENT UN ACCIDENT !

C'était trop beau pour durer.

GIOVANNI ! SORS TA CAMIONNETTE ! VA CHERCHER LA TROUSSE DE SECOURS ET LE PHARMACIEN, PUIS REJOIGNEZ-NOUS LÀ-BAS !
DON GIORGIO ! VOUS VENEZ AVEC MOI, ON NE SAIT JAMAIS !

Paolo savait pourtant que chez nous tout le monde avance masqué. Il l'avait suffisamment répété à Erminio.

Erminio qui se retrouvait orphelin pour la seconde fois. À présent, cette terre tant rêvée lui ravissait son ami d'enfance, son camarade d'université et son protecteur à Monteluccia.

Paolo n'était jamais revenu vivre en Sicile : elle ne tolérait pas ses amours. À Rome, il pouvait rester anonyme. C'est là qu'Erminio lui fit son dernier adieu.

Son compagnon avait eu plus de chance...

JE COMPRENDS PAS... LES FREINS... J'AI RIEN PU FAIRE.

La mort de Paolo fut le catalyseur d'une tristesse qui ne le quitta plus.
Il décida alors de quitter la Sicile. Plus rien ne le retenait à MonteLuccia... pas même ta mère.
Elle lui témoignait de plus en plus d'indifférence.

TUT ! TUUUT !
TUUT !
VOUS VOUS SOUVENEZ DE CETTE FABLE QUE VOUS NOUS AVEZ APPRISE?
BÊÊÊÊ!
LE LOUP ET L'AGNEAU?
NON, IL Y AVAIT UN CHIEN...
AH OUI, CELLE DU LOUP ET DU CHIEN...
VAILÀ, FIGLIO, AVANZA !
...CELLE QUI DIT : « Attaché ! dit le loup : vous ne courez donc pas où vous voulez ? -Pas toujours, mais qu'importe ? -Il importe si bien, que de tous vos repas je ne veux en aucune sorte, et ne voudrais pas même à ce prix un trésor. » ?
VOUS PERDEZ LA BOULE, MAIS VOUS AVEZ BONNE MÉMOIRE !
BÊÊÊÊÊÊ !
À L'ÉPOQUE, J'AVAIS RIEN COMPRIS ! LE JOUR OÙ JE L'AI ENFIN COMPRISE, J'AI QUITTÉ MON MARI ET JE SUIS DEVENUE CHAUFFEUSE DE TAXI !
BÊÊÊÊÊÊ!
BÊÊ!
JE VOULAIS VOUS DIRE MERCI, MAESTRO...
BÊÊÊ!
BÊÊÊÊÊÊ!
BÊÊÊÊÊÊ!
TUUT ! TUUUUUT !
BÊÊÊÊÊÊ!
BÊÊÊ!

ÉCOUTEZ-MOI ENCORE UN INSTANT, LES ENFANTS !
J'AIMERAIS QUE VOUS APPORTIEZ QUELQUES GÂTEAUX POUR DEMAIN.
AH BON ? POURQUOI, MAESTRO ?
ON VA FAIRE UN GOÛTER DE DÉPART.
QUI C'EST QUI PART ?
TRAÎTRE !
C'EST MOI QUI PARS.
HEIN, VOUS PARTEZ ?!
MAIS, ÇA FAIT À PEINE UN MOIS QU'ON A FAIT LA RENTRÉE ! ...
VOUS ÊTES MALADE, MONSIEUR ERMINIO ?
NON, SALVATORE. JE CHANGE SIMPLEMENT D'ÉCOLE.
ON N'EST PAS ASSEZ BIEN POUR VOUS ?
NON, LUIGI. TU SAIS BIEN QUE JE VOUS AIME TOUS BEAUCOUP. ÇA ME FAIT DE LA PEINE AUSSI DE PARTIR...
...MAIS ON NE FAIT PAS TOUJOURS COMME ON VEUT. C'EST TOUT.

SALUT.
SALUT.
SALVATORE M'A DIT...
C'EST MIEUX POUR TOI...
OUI, C'EST MIEUX POUR TOUT LE MONDE...
TU AS DÉJÀ FAIT TA DEMANDE AUPRÈS DU RECTORAT?
OUI. ET J'AI AUSSI FAIT MA VALISE.
ET TU CROIS QU'ELLE SERA ACCEPTÉE?
DEPUIS LE TEMPS QUE TON FRÈRE ATTENDAIT ÇA...

REMONTE À LA MAISON : TU RISQUES DE TE FAIRE ÉCRASER !

MONSIEUR... B... BATTISTA...JE...NE... COMPRENDS PAS !
DITES DONC ! VOUS N'ÊTES PAS TRÈS SPORTIF !
C'EST VOUS QUI AVEZ MIS UN VÉTO À MA MUTATION ?

Erminio n'avait plus d'appuis dans les hauts lieux de l'administration sicilienne.

MAIS MOI, EN TANT QUE MAIRE, JE N'AI AUCUNE INFLUENCE SUR LE RECTORAT, MON CHER !
EH, VOUS ! JE VOUS PRÉVIENS, À CINQ HEURES, IL FAUT QUE TOUT SOIT FINI !
QU'EST-CE QUE VOUS DISIEZ ?

VOUS VOULIEZ TELLEMENT VOUS DÉBARRASSER DE MOI…
JE NE COMPRENDS PAS…
VOUS N'ÊTES PAS CONTENT ? VOUS AVEZ POURTANT TOUT CE QUE VOUS VOULIEZ, ICI ?!… DES ÉLÈVES QUI VOUS ADORENT… DES PARENTS QUI VOUS TOLÈRENT…
ARRÊTEZ VOTRE CIRQUE ! DEPUIS LE PREMIER JOUR VOUS VOULIEZ QUE JE PARTE, ALORS POURQUOI VOULEZ-VOUS QUE JE RESTE MAINTENANT ?!

Mon père avait une fois de plus « fait le nécessaire » : la demande de mutation a été rejetée par le rectorat.
Il adorait jouer au chat et à la souris.

HA HA HA !!
MAIS PARCE QUE C'EST MOI QUI DÉCIDE DE TOUT ICI !
JE CROYAIS QUE VOUS L'AVIEZ COMPRIS AVEC L'ACCIDENT DE PAOLO ROSA !
VOUS CROYEZ QU'UN MILANAIS PEUT FAIRE LA LOI ICI, À MONTELUCCIA ?

Il tirait les fils d'un théâtre de pupi dont il improvisait le scénario à sa guise…

VOUS CROYEZ QUE NINO PEUT SURVIVRE À NEW YORK EN MARCHANT SUR UN FIL ?
VOUS ÊTES MIGNON, ERMINIO.

Battista ne voulait plus qu'il quitte la Sicile. Peu importe, il démissionnerait de l'Éducation Nationale. Personne ne pouvait l'empêcher de partir.

WOUAF

HOURRA!
BRAVO 'TITO!
À MON TOUR! À MON TOUR!

Pas question de laisser les enfants en plan sans instituteur. La vie de l'école suivrait son cours jusqu'à l'arrivée de son remplaçant.

NON, SALVATORE!
TU SAIS BIEN QUE TU NE PEUX PAS.
CHIUDI LA BOCCA, LUIGI!
TU FAIS CHIER, LUIGI! LAISSE-MOI TRANQUILLE À LA FIN! CH'UIS PAS UNE FEMMELETTE!
LAISSE-LE, CE SERA TON TOUR APRÈS!

Erminio profitait de ses derniers jours avec toi, moi et les autres...

SALVATORE! SALVATORE! SALVATORE!
OH, DOUCEMENT, LES GARS! 'Y EN A PRESQUE PLUS...
HÉ, PEPERINO! ENVOIE-NOUS-EN UNE AUTRE!

MAESTRO!
MAESTRO!
QUE SE PASSE-T-IL?
C'EST SALVATORE!
IL VA FAIRE UNE GROSSE BÊTISE!
IL EST ALLERGIQUE AUX FIGUES!
...IL A FAILLI MOURIR QUAND IL AVAIT QUATRE ANS!
SALVATORE! NON!
CALME-TOI, JE NE VOULAIS PAS ÊTRE MÉCHANT AVEC TOI...

L'ALLERGIE EST UNE MALADIE TRÈS TRÈS GRAVE, TU DOIS ME PROMETTRE QUE TU N'EN MANGERAS JAMAIS...
TU ME LE JURES, MON PETIT ?

MAESTRO, JE...

À partir de ce jour-là, je vous ai haïs tous les deux, profondément.

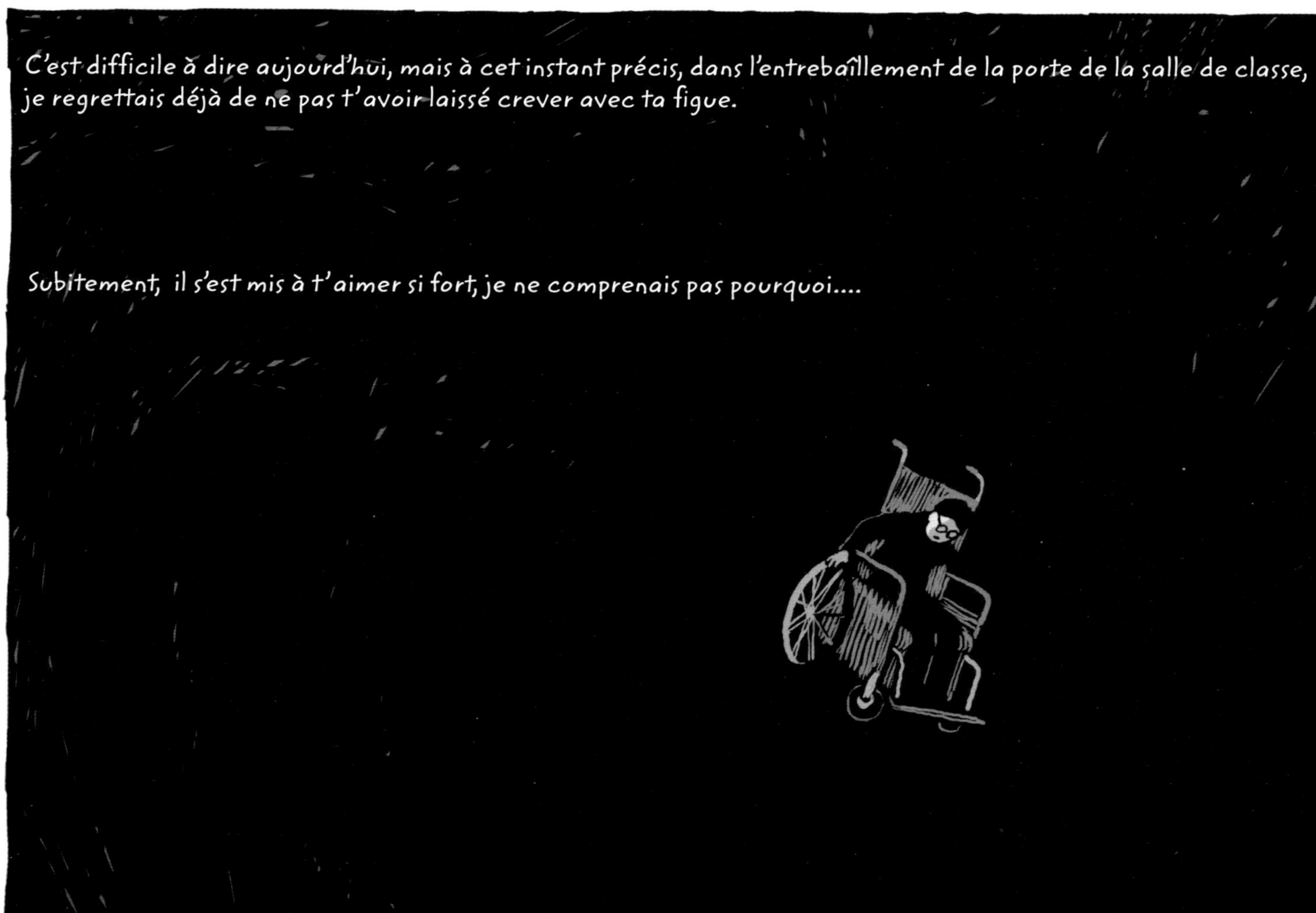
C'est difficile à dire aujourd'hui, mais à cet instant précis, dans l'entrebâillement de la porte de la salle de classe, je regrettais déjà de ne pas t'avoir laissé crever avec ta figue.
Subitement, il s'est mis à t'aimer si fort, je ne comprenais pas pourquoi....

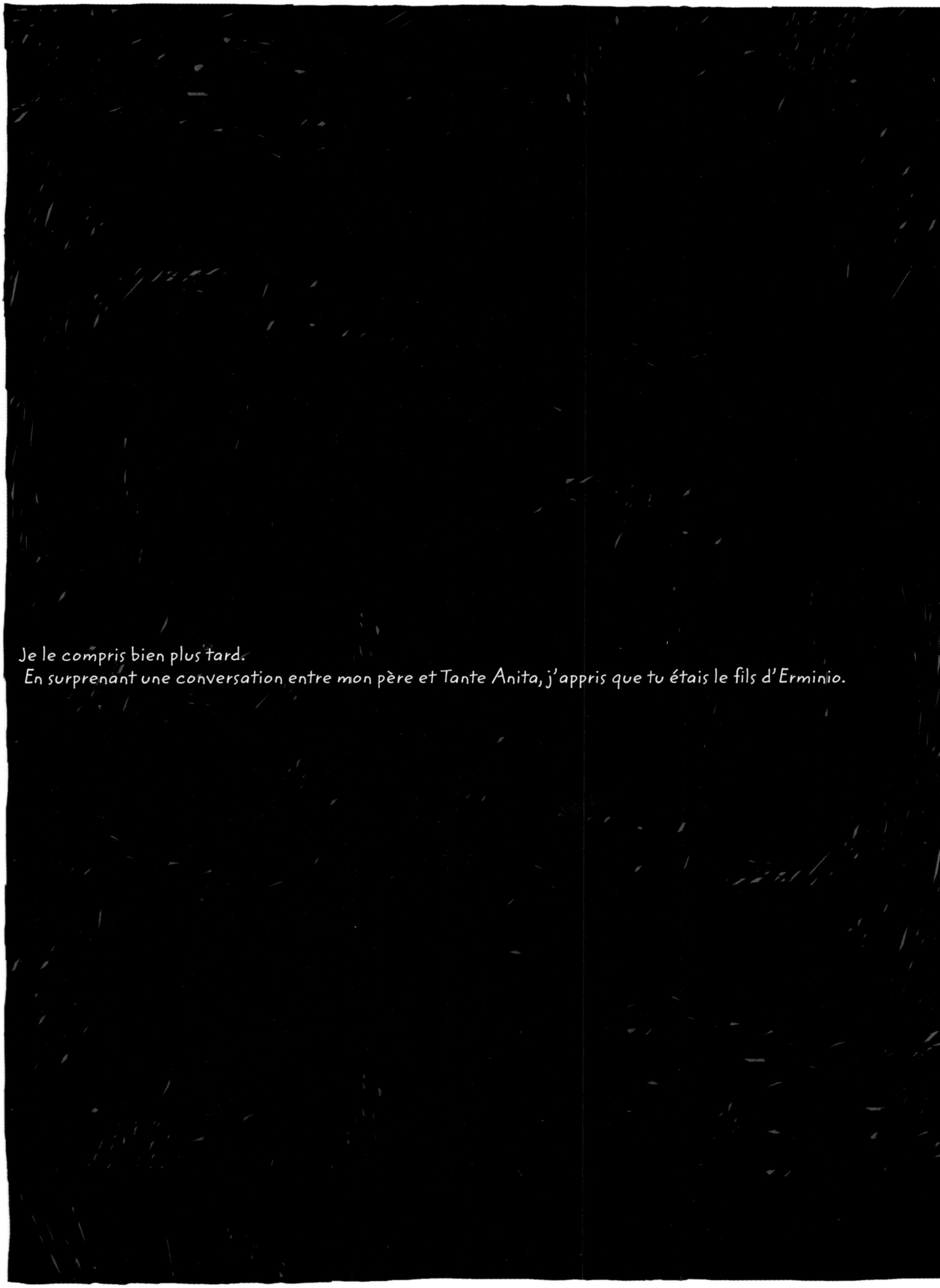
Je le compris bien plus tard.
En surprenant une conversation entre mon père et Tante Anita, j'appris que tu étais le fils d'Erminio.

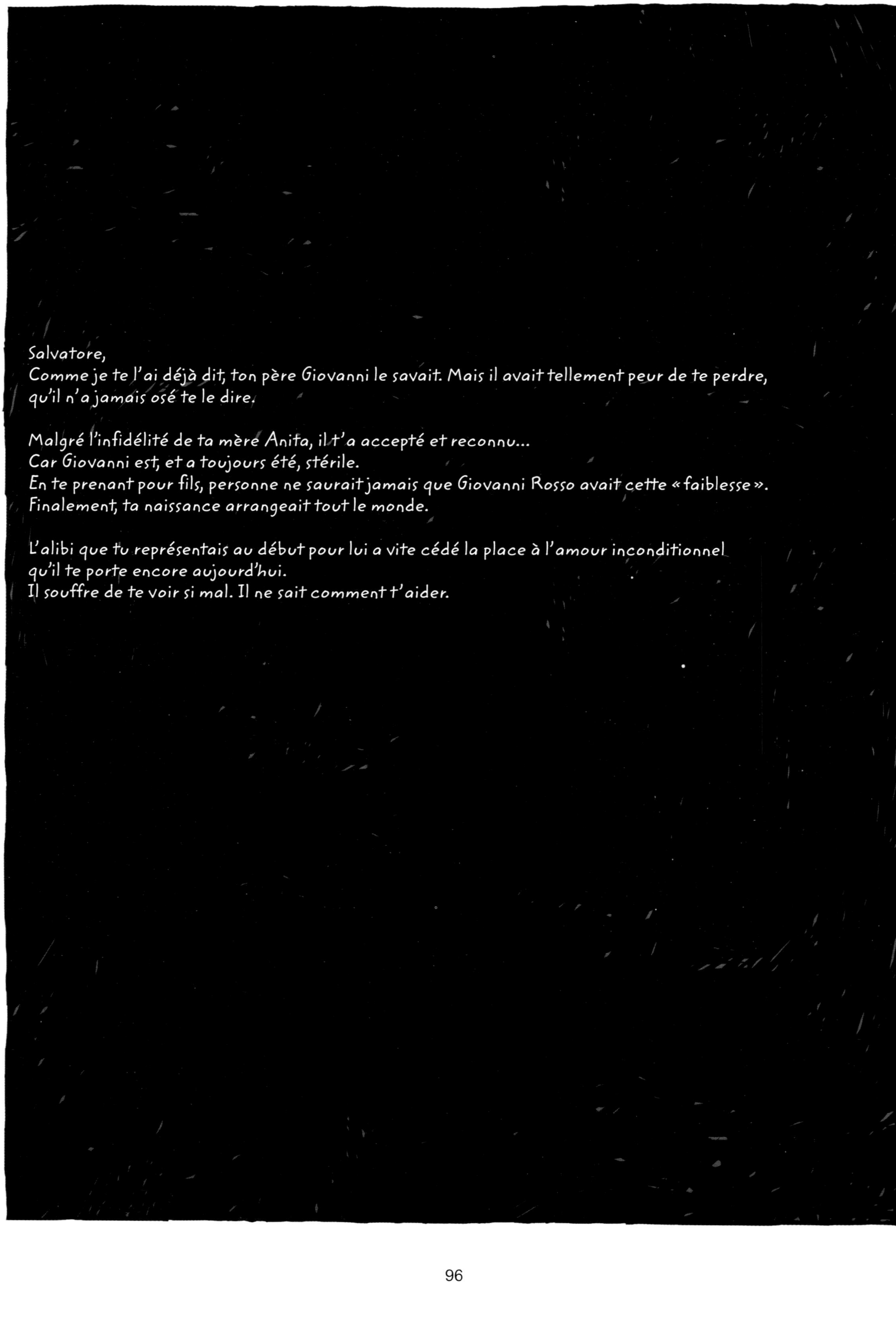
Salvatore,
Comme je te l'ai déjà dit, ton père Giovanni le savait. Mais il avait tellement peur de te perdre, qu'il n'a jamais osé te le dire.
Malgré l'infidélité de ta mère Anita, il t'a accepté et reconnu…
Car Giovanni est, et a toujours été, stérile.
En te prenant pour fils, personne ne saurait jamais que Giovanni Rosso avait cette « faiblesse ».
Finalement, ta naissance arrangeait tout le monde.
L'alibi que tu représentais au début pour lui a vite cédé la place à l'amour inconditionnel qu'il te porte encore aujourd'hui.
Il souffre de te voir si mal. Il ne sait comment t'aider.

ZZZZ!
ZZZZZ!
GIUSEPPE, REMPLACE-MOI... J'AI DEUX MOTS À DIRE À ERMINIO.

Sa colère passée, il fit un pacte «de bonne entente» avec Erminio. Chacun de son côté fit un effort.

SANTA MADRE!

Ton père a eu le courage de trouver un arrangement cordial, et Erminio celui de l'accepter.

Le mien n'aurait pas hésité à faire assassiner Erminio.

TEATRO

La vie a repris son cours normal.
Erminio, qui venait de se découvrir un fils, n'avait plus envie de partir.
Même s'il n'avait pas le droit de te voir en dehors de l'école, te regarder grandir semblait lui suffire.

MAIS ?… POURQUOI VOUS FREINEZ ? …
BEN… C'EST LE MOMENT LE PLUS SACRÉ DE NOT' VOYAGE !
TEATRO
AH ! MON THÉÂTRE !… COMME VOUS ÊTES GENTILLE, SIMONETTA…
C'EST QUOI, VOS PARFUMS PRÉFÉRÉS ?
GELATI
SACRÉ SIMONETTA …
J'AI PRIS « FIGUE » POUR VOUS !
NAAN, J'RIGOLE, M'SIEUR ERMINIO !
VOUS SAVEZ QUE C'EST ICI QUE J'AI ASSISTÉ À VOTRE PREMIER SPECTACLE DE PUPI ?!
TEATRO
CE N'EST PAS POSSIBLE, SIMONETTA, C'ÉTAIT EN SOIXANTE-SEPT !
MAIS SI !… EN SOIXANTE-SEPT J'AVAIS UN AN !
GLI SPARVIERI
CIRCO

ÇA Y EST, ON A FINI!

Erminio avait proposé aux enfants de faire une représentation de pupi pour Noël.

AÏE, AÏE, AÏE!
APRÈS VOUS, MONSIEUR L'INSPECTEUR EN CHEF!
ANGLE?
... QUATRE-VINGT-DIX DEGRÉS!
NIVEAU?
... PARFAITEMENT HORIZONTAL!

Il connaissait maintenant trés bien le calendrier des cueillettes, des récoltes et de toutes les fêtes religieuses. Tout le monde serait donc présent et disponible.

MA PAROLE! DE VRAIS PETITS MENUISIERS!
ALLEEEEZ! ON L'INSTALLE TOUT DE SUITE!
OUI! ON VEUT VOIR COMMENT ÇA FAIT!
ATTRAPEZ L'AUTRE BOUT, MAESTRO... ON VA LE METTRE SUR PIED.

VOUS VOYEZ LES TENONS, LÀ ? ...BIEN EN FACE DES MORTAISES, HEIN ?
VOILÀ, PARFAIT !
CLAC!

Chacun prenait plaisir à préparer le spectacle. Même oncle Giovanni semblait ravi.

ALORS?
Le favole di La Fontaine
OH NOOON!

Petit à petit, il s'est mis à apprécier le père de son fils.

QUOI, LES ENFANTS?
Le favole di La Fontaine
...C'EST TRÈS BIEN COMME ÇA!
TOUT DÉPEND DU POINT DE VUE!...

BON, BEN ON N'A PLUS QU'À TOUT REFAIRE!
OUI, ON PEUT QUAND MÊME PAS COLLER LES BANCS AU PLAFOND!

Il y avait juste moi qui étais toujours très fâché. Vous étiez loin de comprendre pourquoi.

LUIGI! LUIGI! REGARDE! J'AI FINI MON PUPO!
ERMINIO M'A AIDÉ À COLLER LA LAINE.
T'AS PAS ENCORE FINI, TOI?
TU VEUX QUE JE T'AIDE À METTRE LES MOUCHTACHES?
OCCUPE-TOI DE TES OIGNONS, MORPION!

Tu as été drôlement patient! Je n'étais plus capable d'être aimable une seule seconde avec toi ... et pourtant, toujours tu essayais de me faire plaisir. Mon cher Salvatore, si tu savais ce que j e m'en veux aujourd'hui.

JE SUIS PAS UN MORPION, MOI!
ALLEZ!... VA JOUER À LA POUPÉE AVEC LES AUTRES...
MORPION!

AAAAhhhh!!
LUIGI, IL A DIT QUE J'ÉTAIS UN MORPION!
PAPAAA! PAPAAAA!
TAP! TAP! TAP!
SALVA-TORE! MOR-PION!
SALVA-TORE! MOR-PION!
OH! DU CALME, LES ENFANTS!
IL EST OÙ, LUIGI?

Un théâtre à MonteLuccia ! Décidément, le Milanais révolutionnait le village.

UPI
tro

À peine on commençait à s'habituer à lui qu'il trouvait un nouveau moyen de faire jaser !

OH !
SPETTACOLO DI PUPI
BOUUUH ! VECCHIA MADRE GAZZA !
CIAO, CIAO !
HIHI !
HAHA !
NON D'UNE PIPE ! CES JEUNES N'ONT AUCUN RESPECT !...
...ET JE NE PARLE PAS DE L'INSTIT' !
...MOI JE DIS QUE LE MILANAIS VAUT PAS MIEUX QU'EUX...
...D'AILLEURS, UN INSTITUTEUR QUI N'EST PAS LUI-MÊME PÈRE DE FAMILLE NE PEUT PAS ÉDUQUER CORRECTEMENT NOS ENFANTS !!!
QUALI CURIOSI !
LE SPECTACLE, C'EST SAMEDI SOIR !

« Le loup et la cigogne de Jean de la Fontaine : ...Les loups mangent gloutonnement... »
La Fontaine
MAIS, MESSIRE LOUP, OÙ SONT DONC PASSÉES VOS JAMBES ?
QUELLES JAMBES ? TU T'ES REGARDÉE, MORPIONNE ?
« Un loup donc étant de frairie, se pressa, dit-on, tellement... «
AAAHH
AAAAAAHHHHHHH!!!
AAAAHHHH !
'Y A PLUS DE JAMBES À NOS PUPI !!!
MAESTRO !! VENEZ VOIR !
ELLES ONT DÛ SE DÉTACHER...
...ELLES DOIVENT ÊTRE AU FOND DU COFFRE AVEC LES AUTRES PUPI.
SAPRISTI !
QUELQU'UN A COUPÉ LES JAMBES DE TOUTES LES PUPI !!

« Près de là passe une cigogne, Il lui fait signe, elle accourt... »
OH LÀ LÀ !!
MAIS QUI A BIEN PU FAIRE ÇA ?

Depuis l'histoire des figues, Erminio était mielleux avec moi. Il me donnait envie de tout foutre en l'air.

HÉ, T'AS VU, LUIGI ?! C'EST PAREIL QUE POUR TOI...
...LES PUPI, ELLES POURRONT PLUS MARCHER, MAINTENANT !...
« Ne tombez jamais sous ma patte... »

Il essayait toujours de me comprendre alors qu'il aurait mieux fait de me mettre des coups.

SCRTCH !
SOYEZ SAGES, LES ENFANTS !
ON VA DEHORS AVEC LUIGI. IL FAUT QU'ON SE PARLE.

POURQUOI AS-TU FAIT ÇA, LUIGI?
JE NE PEUX PAS DEVINER CE QUI NE VA PAS SI TU NE ME DIS RIEN...

Étais-tu trop petit pour te rendre compte que j'étais vraiment odieux ? Nos camarades, eux, ne s'y trompaient pas... J'étais une véritable petite ordure qui me faisait penser à mon père.

SALOPARD!
T'AVAIS PAS LE DROIT DE FAIRE ÇA!
ON A POURTANT ÉTÉ GENTILS AVEC TOI!
NON MAIS ÇA VA PAS LA TÊTE?!
VOUS N'ÊTES PAS DES SAUVAGES, QUAND MÊME?!
TU SAIS, JE NE FAIS PAS DE DIFFÉRENCE ENTRE LES ENFANTS. JE VOUS AIME TOUS PAREIL, SALVATORE, TOI ET LES AUTRES...
JE NE SUIS PLUS UN ENFANT.
TU N'AS PAS ENVIE DE MONTRER À TON PÈRE QUE ÇA VALAIT LA PEINE DE VENIR À L'ÉCOLE?...
...ON A TOUS BESOIN DE TOI POUR DEMAIN SOIR.
JE COMPRENDS PAPA, MAINTENANT...
...IL A RAISON QUAND IL DIT QUE VOUS ÊTES UN FAUX-JETON, QUE VOUS FAITES SEMBLANT D'ÊTRE SYMPA. TOUT CE QUE VOUS ORGANISEZ À L'ÉCOLE, C'EST POUR ÉPATER CERTAINES PERSONNES!
VOUS SEREZ TOUJOURS UN ÉTRANGER ICI, ET AUCUN HABITANT DE MONTELUCCIA NE VOUS AIMERA JAMAIS.

…CE SOIR À 20H30' AU THÉÂTRE DE MONTELUCCIA : « LE FAVOLE DE LA FONTAINE » !
ATTENTION ! ATTENTION ! AVIS À LA POPULATION !
IL GRANDE, IL FAVOLOSO…
IL GRANDE, IL FAVOLOSO, IL MAGNIFICO SPETTACOLO DE PUPI DE LA CLASSE DES GARÇONS !
EUH… JUSTE UNE QUESTION, MAESTRO…
Le Favole di La Fontaine
al Teatro
EST-CE QUE DON GIORGIO EST D'ACCORD SUR LE CHOIX DES TEXTES ?
NON MAIS C'EST PAS BIENTÔT FINI TOUTES CES BONDIEUSERIES ?
ON VA QUAND MÊME PAS DEMANDER LA PERMISSION AU CURÉ À CHAQUE FOIS QU'ON LÈVE LE PETIT DOIGT !
'Y EN A MARRE, À LA FIN !…
BON… ÇA RESTE ENTRE NOUS, HEIN ?
OUI, RESTONS DISCRETS !

Du pain béni pour mon père ! Il se délectait d'exhiber son bouffon.
Et puis, à quelques semaines des élections, il est toujours bon de faire rire le contribuable…

PROGRAAAAMME! DEEEEMANDEEEEZ L'PROGRAAAAMME!
TENEZ MON PÈRE!
C'EST VOTRE PETITE SIMONETTA?! ELLE EST DRÔLEMENT BAVARDE!
BABEUHH!
T'AS PENSÉ AU VIN, J'ESPÈRE!
BEN MON PETIT PINO, IL MANIPULERA LA CIGOGNE, C'EST LA PREMIÈRE FABLE DU SPECTACLE!
OUAILLE!! C'EST CHAUD, MAMAN!
SI ON M'AVAIT DIT QU'UN MILANAIS ME FERAIT VENIR AU THÉÂTRE!
C'EST QUOI, CE PROGRAMME?! ...
QUELQUE CHOSE NE VA PAS, MON PÈRE?
...DITES-MOI, DONNA ANITA...
...OÙ SONT LES CHEVALIERS? OÙ SONT LES SARRASINS?...
HUM!... C'EST BIEN CE QU'ON M'AVAIT DIT...
OUI MON PÈRE, LES ENFANTS ONT TRANCHÉ! ILS EN ONT EU ASSEZ DES CHANSONS DE GESTE...
ALORS MAINTENANT, C'EST LES ENFANTS QUI DÉCIDENT?
EST-CE QUE DON BATTISTA EST AU COURANT AU MOINS?

BOUM-BOUM-BOUM-BOUM-BOUM-BOUM-BOUM-BOUM
LE SPECTACLE PEUT COMMENCER!
CHUT!
CHUUUUT!
HI HI!
ÇA COMMENCE...

Je ne vous supportais plus tous les deux... Tu ratais jamais une occasion de te faire dorloter. À mon grand désarroi, Erminio tombait dans le panneau à chaque fois. Il profitait des moindres instants qui échappaient à Giovanni.

ÇA VA, SALVATORE?
TU M'AIDERAS, HEIN, DIS?
N'AIE PAS PEUR, MON PETIT.
NE T'INQUIÈTE PAS, JE RESTE AVEC TOI...
BOUM!
?
ET HOP!

Maintenant je le comprends, mais à l'époque ça me mettait hors de moi.

HI HI HI!
TU ME CHATOUILLES!
BOUM!
BOUM!

VOOO!!
BRAVOOOO!!
BRAVOOO!!
BRAAVOOO!!
« Les loups mangent gloutonnement... »
« Un loup donc étant de frairie, se pressa, dit-on tellement, qu'il en pensa perdre la vie... »
MIAM, MIAM, MIAM!!
« ...Un os lui demeura bien avant au gosier. »
GLOUPS!
HA! HA!!!
HA! HA!!!
HO! HO! HO!!!
OUAAAH!!!!
« De bonheur pour ce loup, qui ne pouvait crier, près de là passe une cigogne... »
MMMMM...!
MMMMM...!
BONJOUR MESSIRE LOUP!
J'EN AI ASSEZ!!! CETTE LUMIÈRE ME GÊNE!!
?
?
ÇA SUFFIT PAS QUE JE SOIS CUL-DE-JATTE...
CRAC!
...IL FAUT ENCORE QU'ON M'AVEUGLE?!...

Je me sentais trahi. Je n'en pouvais plus.

MAMAN, J'AI PEUR!
LUIGI!!! T'ES VRAIMENT UN SALAUD!
QU'EST-CE QUE TU CHERCHES À LA FIN?
ERMINIO T'A DONNÉ LE MEILLEUR RÔLE… DEVANT TOUT LE MONDE! ET TOI, TU FOUS ENCORE TOUT EN L'AIR!!!
ÇA SUFFIT COMME ÇA, LES ENFANTS! LAISSEZ LUIGI TRANQUILLE.
GIOVANNI! VA CHERCHER LE GROUPE ÉLECTROGÈNE!
CLAC!
DON BATTISTA, NON!!! VOUS ÊTES FOU!
PAF!
ON RENTRE!
GUISEPPE, METS LE FAUTEUIL DANS MA VOITURE!

Pendant quelques minutes, le temps s'est figé…

BRAVO!!
BRAVOOOO!!
VIVA ERMINIO!
VIVA LES BAMBINI!
LA SUITE! LA SUITE!
ENCORE! ENCORE!
'FAUT SE RE-METTRE EN SELLE, ERMINIO!
TOUT LE MONDE VOUS RÉCLAME!

Personne n'était dupe de mon minable coup de théâtre pour le faire échouer.

ALLEZ, ON Y RETOURNE, C'ÉTAIT SUPER!
AVANTI! ANDIAMO!
« La cigogne retira l'os : puis pour un si bon tour elle demanda son salaire. »

Le village adopta le Milanais au moment où j'espérais si fort qu'il le lamine.

« votre salaire? dit le loup, Vous riez, ma bonne commère... »
« Quoi! ce n'est pas encore beaucoup d'avoir de mon gosier retiré votre cou? »
« Allez, vous êtes une ingrate; ne tombez jamais sous ma patte! »
CLAP! CLAP! CLAP! CLAP! CLAP! CLAP! CLAP!

Tout n'était pas gagné pour Erminio. Il lui restait un habitant à convaincre.

QU'EST-CE QUE C'EST ?
JE SUIS VENU POUR ...
DÉBARRASSEZ-MOI LE PLANCHER !
ON N' ACHÈTE RIEN ICI !...
...ET ON NE NOURRIT PAS LES TROUBA-DOURS !...
FFFTT !! FFFTT !!
ALLEZ POUSSER LA CHANSONNETTE AU VILLAGE !
MAIS, JE SUIS L'INSTITU-TEUR ET...
...JE SUIS VENU RAPPORTER SA PUPI À LUIGI.
MMMH ??! MMOUI ??...
DONNEZ-MOI VOT' BESTIOLE, JE M'EN CHARGE !
EST-CE QUE JE PEUX LUI PARLER ?
IL NE VEUT PLUS VOUS VOIR !

C'EST POUR ÇA QU'IL N'EST PAS VENU À L'ÉCOLE DEPUIS LE SPECTACLE ?
EH !
J'AIMERAIS QUAND MÊME M'EXPLIQUER AVEC LUI, SI VOUS LE PERMETTEZ...
'FAUDRA CRIER FORT, ALORS !
LUUUIIIGIIII !!!
HA HA HA HA HA ! VOUS POURRIEZ HURLER PLUS FORT QUE LES LOUPS QU'IL NE VOUS ENTENDRAIT PAS !
IL EST À L'ÉCOLE POUR HANDICAPÉS DES SŒURS DE LA CHARITÉ. À PALERME !
C'EST LUI QUI ME L'A DEMANDÉ. ET IL EST TRÈS HEUREUX LÀ-BAS...
BLAM ! BLAM !
MAESTRO ! MAESTROOO !!
IL REVIENDRA PEUT-ÊTRE POUR NOËL...
TOC ! TOC !
À toi aussi, mon cher cousin, ils t'ont dit que j'étais dans une école à Palerme.

Et puis nous avons grandi, avec nos souffrances, chacun de notre côté. Toi faisant les quatre cents coups avec des amis peu recommandables et des séjours en prison ; moi enfermé à double tour dans ma chambre...
J'aurais tant aimé partager mon adolescence avec toi. Peut-être aurais-je pu t'aider à surmonter ta douleur silencieuse de n'être d'aucun père.

SIMONETTA ? ON EST DÉJÀ À L'AÉROPORT ?! …
…ON DEVAIT PAS REPASSER CHEZ MOI POUR PRENDRE MA VALISE ?
MAIS ENFIN, M'SIEUR ERMINIO ! ELLE EST DANS LE COFFRE, VOT' VALISE !
ET PUIS ON N'EST PAS À L'AÉROPORT, ON EST À PEINE SORTIS, DE MONTELUCCIA.
standa
ÇA FAIT LONGTEMPS QUE VOUS N'ÊTES PAS VENU AU STANDA, ON DIRAIT…
AH, MAIS C'EST VRAI ! JE VENAIS FAIRE MES COURSES ICI !…
…TOUT SE MÉLANGE DANS MA TÊTE, SIMONETTA…

-10
-10
SALVATORE?!
BONJOUR!
'JOUR, MAESTRO.
TU ES DEVENU UN HOMME…
OUI, JE FUME, MAINTENANT…
Même Erminio ne s'est pas rendu compte de ta dérive. Il te voyait si peu. Aurait-il dû le deviner?
ÇA FAIT BIEN DEUX ANS QUE JE NE T'AI PAS VU, N'EST-CE PAS?
…OUI, C'EST ÇA! DEPUIS QUE TU AS QUITTÉ L'ÉCOLE…
Tout le monde faisait bonne figure, personne ne faisait de scandale, tout allait bien…
HEUREUSEMENT QUE TA MÈRE ME DONNE DE TES…
OH, SALVATORE!
VIENS AIDER MAMAN À CHARGER LES COURSES!
BONJOUR, ERMINIO!

Avec le temps, Erminio était toujours "le Milanais", mais cela ne voulait plus dire l'étranger.
Comme la ville changeante et grandissante, MonteLuccia avait fini par accueillir plus sereinement ses immigrés.
Erminio avait à peine atteint la cinquantaine, mais il faisait déjà figure d'ancien.

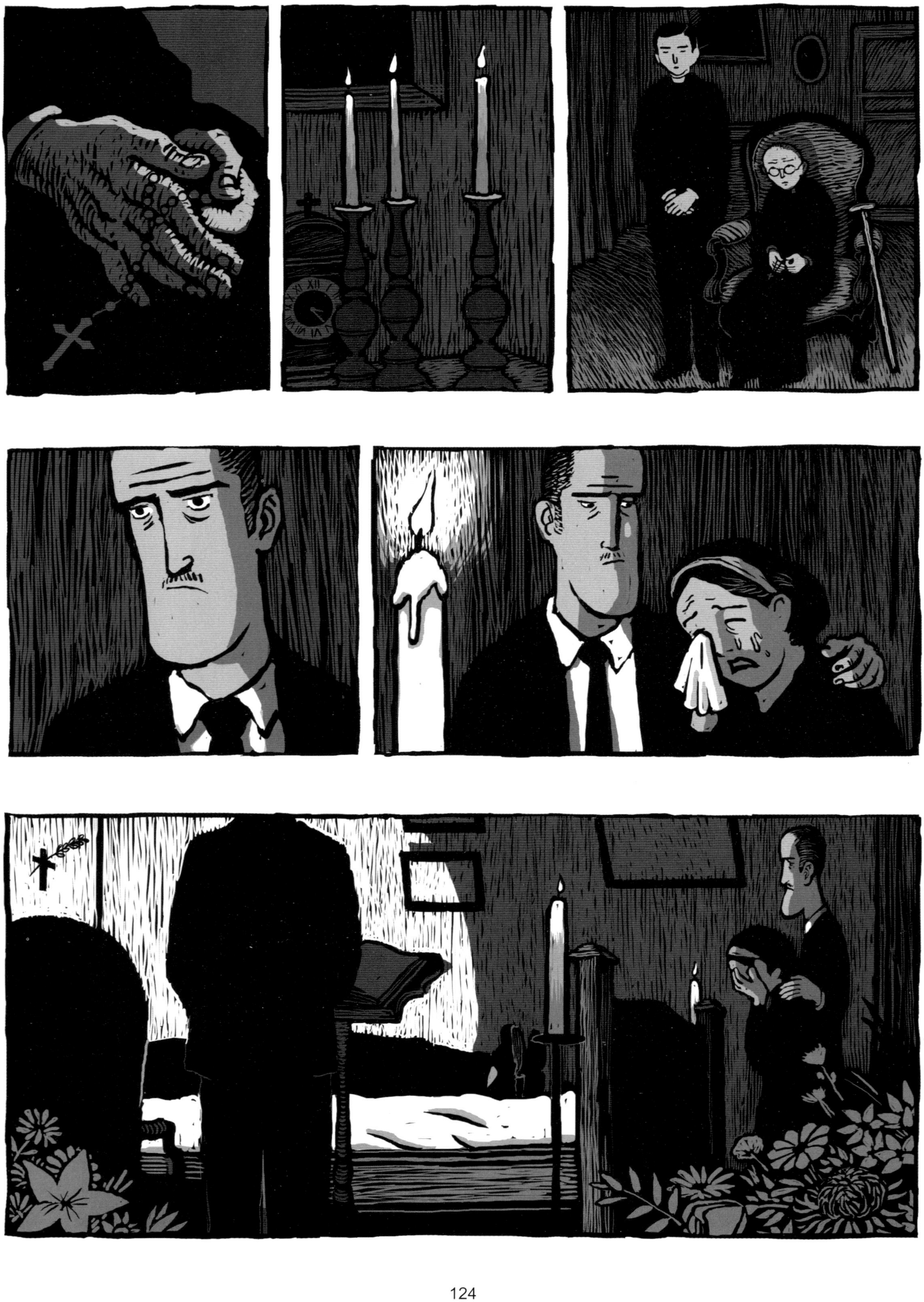

CHER LUIGI, IL A FALLU DE BIEN TRISTES CIRCONSTANCES POUR TE FAIRE REVENIR....
REVENIR? MAIS REVENIR D'OÙ EXACTEMENT?
?!?...
EH BIEN, DE PALERME!... DE L'INSTITUT DES SŒURS?!...
ERMINIO, J'ÉTAIS ENFERMÉ ICI, COMME UN CHIEN!
ICI??? TU ES EN TRAIN DE ME DIRE QUE DEPUIS TOUT CE TEMPS...
NON, MON PÈRE M'A SÉQUESTRÉ PENDANT CINQ ANS, PUIS J'AI ÉTÉ ENVOYÉ EN MAISON DE REDRESSEMENT... J'ÉTAIS INTENABLE.
VOUS ÉTIEZ TOUS COMPLICES, PERSONNE N'A RIEN DIT, PERSONNE N'A CHERCHÉ À SAVOIR...
MAIS TON PÈRE M'AVAIT DIT QUE...
MON PÈRE A PASSÉ SA VIE À TE FAIRE MARCHER, ERMINIO.

DON LUIGI, PARDONNEZ-MOI, CE N'EST PAS MON TOUR, MAIS IL FAUT ABSOLUMENT QUE JE PARLE À GIOVANNI ROSSO
C'EST AU SUJET DE SALVATORE...
MON COUSIN SE DONNE ENCORE EN SPECTACLE?
Pscht pskd chsssd Puspschhtt pskd pcocht
TU AS L'AIR SURPRIS, ERMINIO... MAIS TU NE VOIS DONC RIEN ?...
...TU NE VOIS PAS QU'ON ETOUFFE TOUS, ICI ?
REGARDE SALVATORE, IL EST RAVAGÉ PAR VOTRE SILENCE...
ON NE VOIT RIEN, ON N'ENTEND RIEN À MONTELUCCIA...
BIEN SÛR, TU NE SAIS PAS NON PLUS QUE SALVATORE S'EST ENGAGÉ DANS L'ARMÉE ET QU'IL TABASSE LES ÉTUDIANTS DANS LES MANIFS DE ROME OU MILAN ?
SALVATORE!!
BAR-TABACCH
IL S'EST TROUVÉ LE PÈRE QUE TU N'AS PAS EU LE COURAGE D'ÊTRE !

TU NE RESSEMBLES PLUS À L'INSTITUTEUR QUI EST ARRIVÉ UN JOUR DE SEPTEMBRE CINQUANTE-NEUF...
...JE PARIE QUE TU VAS MÊME À LA MESSE !

La mort de mon père me permit de réapparaître à vos yeux. Tout le petit monde que Battista avait bridé autour de lui se délitait. Plus personne n'était là pour « faire le nécessaire ».

TU NE PEUX PAS COMPRENDRE, LUIGI. ATTENDS DE VIEILLIR UN PEU, TU VERRAS.
TU ME FAIS LA MORALE, TOI, MAINTENANT !?
JE LE CROIS PAS...

Contre toutes ses attentes, Battista avait finalement œuvré à faire d'Erminio un habitant de MonteLuccia.

ARRÊTE, LUIGI ! SI TU DIS À TOUT LE MONDE QUE SALVATORE EST MON FILS, QUI T'ÉCOUTERA ICI ?
ET SI ON TE CROIT, GIOVANNI TE TUERA.
TU ES DEVENU UNE BÊTE, ERMINIO...
...COMME EUX.

Si je t'écris aujourd'hui, c'est parce qu'Erminio est malade. Petit à petit, son esprit lui fait défaut.
Dans quelque temps, il ne te reconnaîtra plus.
Fais-lui ce plaisir pour ces quelques semaines qui restent à sa mémoire.
Reconnais ton trésor : tu as deux pères qui t'aiment plus l'un que l'autre, quand je n'ai eu pour père qu'un dictateur de village qui me rouait de coups.

Aujourd'hui, Erminio t'a écrit une lettre qu'il ne postera jamais.
Aide-le à faire ce pas. Fais-le pour lui.

Pour toi.

Ton cousin à qui tu manques.

Luigi.

VOUS VOUS OCCUPEZ TOUJOURS DE LUIGI ?
OUI. VOUS VOULEZ QU'ON S'Y ARRÊTE ?
IL EST SANS DOUTE DANS LE JARDIN À CETTE HEURE-CI...
JE CROYAIS QUE NOUS ÉTIONS PRESSÉS !
C'EST VOUS QUI VOYEZ...

VOUS AVIEZ RAISON, SIMONETTA, IL EST LÀ.
AAAH VOUS VOYEZ QUE LUIGI VOUS AIME BIEN …
…BON ALORS, MAINTENANT QU'ON EST SORTI DU VILLAGE, JE PEUX METTRE LE GYROPHARE ?
TAXI - AMBULANZA
SIMONETTA
(095-270676)

iiii UuuUijj
UuuiiiiiUuuu
J'AI PEUR, SIMONETTA ...